ana larousse

nasceu em Manaus, foi criada em Curitiba e se formou em Paris em Arte Contemporânea pela Université Paris 8. Hoje reside em São Paulo e atua como compositora, tradutora e poeta, além de ministrar oficinas de escrita criativa. Com seu primeiro álbum, *Tudo começou aqui*, viajou o país todo por importantes festivais e casas de shows. *Antes que a gente morra* (Editora Urutau) é seu livro de estreia.

ANTES
QUE A GENTE MORRA

ana larousse

editora Urutau
primeira edição
2023

O —

editora Urutau

rua do cajú, 478,
jardim das cerejeiras
06724-015
cotia-sp (brasil)

rua manuel pacheco nobre, 128 - 5° esquerdo
2830-080
barreiro (setúbal)
portugal

[+351] 928053619 [portugal]
[+55] 11 9 4859 2 426 [brasil]

www.editoraurutau.com.br
contato@editoraurutau.com.br

[EDITORA]
debora ribeiro rendelli
[REVISÃO]
marcella sarubi
[PROJETO GRÁFICO]
wladimir vaz
[COORDENAÇÃO GRÁFICA]
tiago fabris rendelli
[DIAGRAMAÇÃO]
victor h. azevedo
[CAPA]
tiago fabris rendelli

dados internacionais de catalogação na publicação (CIP) de acordo com ISBD

Larousse, Ana
L332a Antes que a gente morra / Ana Larousse. - Cotia : Urutau, 2023. 100 p. ; 14cm x 19,5cm.

ISBN: 978-65-5900-537-6

1. Literatura brasileira. 2. Poesia. I. Título.

2023-1798 CDD 869.1
CDU 821.134.3(81)-1

Elaborado por Vagner Rodolfo da Silva - CRB-8/9410

sumário

[46] [a imagem do teu sorriso]
[49] [você acha que]
[50] [tua beleza é fácil]
[51] [há meses que já não te vejo]
[55] [eu nem me lembro]

IV

[57] [ele segura a mão dela]
[59] [da janela]
[61] [foi-se o tempo em que a gente]
[65] [na varanda ao anoitecer]
[67] [eu]
[69] [saindo do cinema]
[71] [pouca coisa é tão sádica]
[73] [tenho deixado minha solidão]
[74] [tem dias em que você]
[75] [ou eu poderia dizer que]

V

[77] [desdigo aqui tudo o que disse]
[78] [eu fui tudo aquilo]
[81] [um piano abandonado]

VI

[83] [que a gente que faz arte]
[84] [falta de inspiração]
[85] [eu gosto do som]
[86] [eu chego a sangrar]
[88] [nada]
[90] [tenho me alimentado]
[91] [quando as palavras]
[92] [uma ideia de poesia]

VII

[95] [estou agora]
[97] [a coragem há]

Para Rita e Marcelo

*

preciso encontrar
dentro de mim
alguém mais corajosa que eu

*

Sentada no terraço do restaurante embaixo de casa, o frio me veste mais que as roupas.

No bar em frente, um senhor de barba muito branca canta — sentado num banco — antigas canções francesas,

sorrindo para os que passam tentando não tropeçar nele.

As pipocas que o garçom me serviu como aperitivo voam com a primeira brisa forte que atravessa o Boulevard Voltaire.

O estourar das bolhinhas de gás da Coca tomam voz quando cessam de passar os carros.

O celular apita o fim da bateria.

O garçom vem me tomar o pedido e eu não sei o que quero.

Peço para ele voltar dali uns instantes.

A cada três ou quatro minutos, uma dezena de pessoas sobe as escadas rolantes da estação Rue des Boulets.

Anoitece.

Portas de ferro rangem o fim do dia dos comércios da rua e uma senhora passa com seu cachorro, que me faz pensar numa raposa.

Olho o cardápio e conto sete animais na lista de pratos.

Volto a olhar o senhor, que continua cantando.

As pipocas já não estão mais à vista no chão — a brisa continuava forte.

Meu copo está mais cheio agora com o gelo que acabou por derreter e já são raras as bolhinhas de gás.

A tela do celular está escura.

O garçom volta — ainda não sei.

A cada cinco ou seis minutos, não mais que três pessoas sobem as escadas rolantes da estação Rue des Boulets.

Já é noite.

O senhor ainda canta — sinto vontade de ir conversar com ele.

Dos comércios do Boulevard Voltaire, restam a lan house dos indianos, a kebaberia ao lado e o restaurante onde estou sentada.

Ouve-se cada vez menos carros e posso escutar a transmissão de um jogo de futebol vindo de dentro.

O garçom volta, peço um vinho fresco — um Brouilly.

Uma taça a dois euros — a metade do que paguei na Coca.

Decido por ora escrever e que vou comer em casa.

O frio me veste mais que as roupas e, do meu lado, vejo solidão.

Me lembro do celular sem bateria e de como posso subir para carregá-lo e ligar para algum amigo — quem sabe ir até o Canal St. Martin.

O senhor ainda canta sorrindo, para mim desta vez.

Dou o que talvez tenha sido o único sorriso que recebeu de volta hoje.

Penso na solidão — que imagino — dele.

Olho para a minha e ela já não está mais aqui — se é que esteve de fato em algum momento que não fosse por capricho de desenhá-la num poema.

Deixo o dinheiro na mesa

ajeito o cachecol

vou até a estação de bicicletas

escolho um disco bom

coloco os fones.

Não volto enquanto o frio estiver suportável

nem volto enquanto meu sorriso estiver assim:

vestido de Brouilly

ou de solidão.

*

um cisco de sonho me força a arregalar os olhos
na preguiça, confio que se desprenda sozinho
sem que eu precise desacomodar as mãos do guidão da bicicleta
para tirá-lo dali

*

aqui dentro no mar longe da areia
o anoitecer já é quase noite feita
percebo silhueta nenhuma
areia vazia de gente
casas fechadas de parecer nunca ter havido ninguém ali

o céu tem a exata cor do mar
a neblina cobre as colinas e ilhas
e tudo tem a mesma cor
nem mesmo ondas tem para balançar o desenho da água
olho para frente: uma mesma cor
para os lados: diferença nenhuma
olho para mim: desapareci

aqui na imensidão eu respiro junto de tudo
não me distingo de nada aqui
não toco meus pés no chão
flutuo e quase perco a direção dos sentidos

tento me manter agarrada a alguma consciência da minha existência
— ela parece insistir em se confundir com tudo

logo desce em mim uma chuva tímida
e não há círculos de água na superfície do mar
sinto as gotas no topo da cabeça — só por isso a percebo
a imensidão me apresenta algum tipo de infinito
e me arrebato

dou gargalhadas
sim! eu gargalhei no meio do oceano
sozinha
no anoitecer que já era quase noite feita
as nuvens andam — nem reparo
abrem uma estreita fresta para caber uma única estrela
e pareço ouvi-la dizer:
"também estou sozinha, por isso talvez, também estou a gargalhar"

*

duas horas olhando pro céu
esperando uma estrela cadente passar
passa nenhuma
volto pra casa feliz
fiquei duas horas olhando pro céu
esperando uma estrela cadente passar

*

da janela, carros e britadeiras
o que me toma os ouvidos é o bater de folhas da amendoeira

da janela, tiros de escopeta
o que encosta na minha pele é o arrepio de um pouso de borboleta

da janela, escolas dominicais
o que me assusta é a infinitude das notas musicais

da janela, casa alguma sem portão
o que me separa dos outros é meu romance com o violão

da janela, muito medo de ladrão
o que me rouba é o livro que tenho na mão

da janela, em todo canto propaganda
e a vontade que sinto é de ir deitar lá na varanda

da janela, tantas vidas corridas
no caminho por onde passo, um canteiro de margaridas

da janela, vejo o mundo tentando
mas dentro de mim, tudo segue me amando

*

ao contrário do que me dizem

me dou sim bem com relógios

nos damos tão bem que meu relógio não me apressa e eu não apresso ele

às vezes me adianto, passo apressada comendo minutos para chegar logo

às vezes me alongo no dia e deito na fresta entre dois segundos

para só mais tarde, pelo fim do dia, abrir passagem para que passe o próximo

quando em vez nos encontramos

quando calha de nossos tempos baterem no mesmo número

em dias assim, em que chego junto ao relógio, faço surpreender as pessoas

— eu que costumo andar sempre medrosa dele

pois me surpreendo eu com vocês que conseguem sair pelo mundo com o andar inteiro pendurado nos ponteiros

*

há uns anos, uma amiga poeta sonhou
que eu passava os dias na urgência de construir gaiolas imensas
com hastes delicadas — como as cordas de uma harpa, disse ela
e que essas gaiolas ficavam no jardim
e que, vez ou outra, uma outra versão minha passava
e pensava:
se elas estão todas vazias
em algum céu há muitos pássaros
havia também uma terceira versão minha
que sofria de mudez e falava pelos olhos
(ela acordou antes de conhecê-la melhor)

nunca deixo de lembrar dessa imagem
no meu quintal tem muitas gaiolas vazias
que eu mesma — por hábito ou tédio — delicadamente construí
e em algum céu voam muitos pássaros

ela tinha razão
em algum céu hão de voar muitos pássaros

*

por aqui
paixões platônicas são remédio
de uso utópico

*

sempre gostei de soprar bolinhas de sabão
ver subir aquelas películas intocáveis
cada vez mais longe
e cada vez mais bonitas
pelo alcance tão frágil
pelas cores que sinto na língua quando penso
pelo gosto que penso sentir
mas não sinto

sempre gostei de soprar junto ao vento para deixar que morram no alto
ou no começo de um toque

como em muitos dos meus amores

*

se a toda história de amor
for inerente se render ao ciúmes
faço que extraviem todo romance que passar em mim

se em toda paixão nasce um dia
o delírio da posse
faço que baste em mim encontros gentis

não há ideia de amor que valha a força de destruir
que tem o ciúmes
vejo pelas garotas e garotos
que lamentam a tristeza de uma guerra
pela estúpida disputa de terras
e viram-se, em seguida, aos seus corações
a praticarem motins e rebeliões
por disputa de afeto
— logo por ele

*

quando uma paixão me invade o corpo
os primeiros a sentir
antes do estômago
são os tímpanos
todo som é doce, toda voz é canção, todo ruído é cafuné
são uma espécie de pálpebras que nascem nos ouvidos
nada que desafina a beleza se debate por aqui
a não ser a paixão
que desafina a beleza
que se debate por aqui

*

— é muito cedo pra dizer que estou apaixonada por ti?

— é. mas estou cansada de ouvir isso tarde demais.

*

qualquer menos que isso não me chama a nos juntar lábios e cheiros
qualquer mais que isso talvez não caiba numa canção
— e me assustam as coisas que não cabem numa canção

*

— você vai compor uma canção pra mim?

— provavelmente.

— então qual é o risco que corro aqui?

— de eu me apaixonar pela canção mais do que por ti.

*

recebi flores
com elas, cartão nenhum
comigo, um desejo de que sejam tuas
mas aí me lembro que você jamais mandaria flores a alguém
e é o tipo de coisa que me faz gostar tanto de ti

antes de dormir percebo que esqueci as flores na portaria
não volto buscar
elas me deixam triste
— são flores cortadas
e me fazem pensar que ainda que enviasse flores
não seria eu a recebê-las

*

temo te entregar uma flor
e que você entenda
que estou somente a te entregar
uma flor

*

como eu me arrebento quando você me empresta os olhos
— que privilégio!
para me mostrar do mundo o que você vê
pode ser mecânica, frutas, spirulina, sonhos ou memes
tudo é fascinante quando tem você

*

eu não queria
mas teu olhar é um tanto meu
é que tudo que olho tem um pouco de ti
às vezes mais do que eu gostaria
muitas vezes mais do que suporto
mesmo eu desviando
mesmo eu não pedindo
é sempre você que encontro na frente
como um filtro preso na retina
quando olho pro mundo
é através de ti
— ou bem do que entendo de ti —
que percebo as coisas

estou de mudança
acabo de chegar no meu lar por vir
abro caixa por caixa e começo a tirar as coisas todas
e só penso que quero que as veja uma a uma

eu não queria
mas preciso te mostrá-las todas
saber do que pensa de cada uma delas
não me vejo a guardá-las nas gavetas nem armários
não as quero fechadas, trancadas, escondidas
preciso que tudo esteja à mostra
bem na beira do teu olhar bonito
que tropece na minha história toda
sem que eu peça, sem que eu empurre

— talvez eu empurre —
talvez

preciso que tropece na minha história toda
feito eu tropeço na tua
de tanto investigar tudo que me mostra
mesmo sem querer

me sinto sozinha nas tuas coisas
não sei se estou nelas também
ao teu lado
vendo-as todas junto comigo
sei que certamente não me tem às mãos
quando arruma teu quarto

quando limpa a cozinha quando guarda as roupas no armário quando anda de bicicleta quando ouve uma música bonita quando quebra um copo quando prepara a comer quando esquece a queimar o que prepara a comer quando come quando dorme quando olha pras tuas coisas quando olha pras minhas coisas

eu não queria
mas preciso devolver teu olhar a ti
às vezes mais do que eu gostaria
muitas vezes mais do que suporto
como um filtro preso na retina
quando olho pras minhas coisas
bem na beira do teu olhar bonito
você sozinha do meu
e eu sozinha de ti

*

a vontade de esquecer
a paixão platônica
está platônica também

III

*

antes de conversar com você sobre isso
preciso conversar com isso sobre você

*

convenhamos

todo encontro é fingido

os olhos até miram outros

mas o olhar não sai de si

*

minha vó, sinto muito te retrucar

o silêncio é de ouro pra quem cala
mas fere aos estragos quem entrega os ouvidos
e não ouve nada

*

acaba que, no fim,
quem termina por conhecer
a gente por inteiro
nunca consegue ficar

*

entre mim e você há pelo menos um livro
e eu preciso escrevê-lo
escrever também é um jeito de viver
o que não foi ou não poderia ter sido

enquanto isso rabisco versos dramáticos
que nunca vou mostrar a ninguém
a menos que leiam este livro

*

A imagem do teu sorriso se guarda, com toda força, beligerante em mim.

Combatendo toda a minha munição para te esquecer.

Teu cheiro fez-se um carismático propagandista no meu país.

Seduziu até os rancores e mágoas que eu tinha cuidado de treinar para te expulsar de mim.

Vi aquela insistente esperança de te ter de volta abrindo trincheiras no meu centro e, nelas, correrem vadias da realidade todas as expectativas que se é possível inventar.

Mantendo-se seguras da tua tão clara e dura falta de afeto.

Já não me aponto uma saída.

Vi um exército todo cativado pelo teu carinho.

Nem teu silêncio fez erguer artilharia para te assustar de mim.

Tudo em mim milita para que volte.

Para que fique.

Toda rebelião, todo manifesto, toda intifada, toda batalha, todo levante.

Vi todos os povos que se conflitam no meu caos unidos pelo vento que ficou da tua presença.

Já não me aponto uma saída.

Não há mais nada que resista.
Nem tratado, nem acordo, nem decreto.
Não há mais nada que desista.

Sinto explosivos na cintura do meu coração
e ele, pronto a se atirar kamikaze.
Já convoquei a infantaria, já fiz levantar todos os muros, já interrompi todas as fronteiras.

Não há estratégias mais.

Contra todos os sentimentos resiste somente um pequeno bunker onde a razão se protege.
E é daqui, dessa casamata, que escrevo agora.
Respirando através da troneira, suspiro o inevitável hastear da bandeira branca.
Que lutem todos eles por você!
Que sigam a ditadura desse governo que é te esperar.
Ainda terei armistício e verei a razão ser condecorada heroína da resistência.
Que lutem todos eles por você!

Terminarão por morrer de inanição

ou de frio.

*

você acha que todo vento que passa vem fazer dançar jardins
pois saiba que você está derrubando todas as minhas flores

*

Tua beleza é fácil de ser bonita como é fácil descascar uma mexerica.

Mas eu prefiro descascar uma mexerica.

Dentre as coisas que apodrecem rápido, escolho as frutas.

Das pessoas quero almas gordas de leitura, paixões e acrobacias mentais

quero cérebros afiados, línguas estrangeiras e virtuosismo emocional

Ou nem tanto. Ou nada disso.

Agora a tua beleza ela não me comove.

Tua beleza não me impressiona.

Tua beleza me faz pensar que toda beleza dura o tempo de um olhar

e que isso pouco me comove.

Mas admito que me serve sim de algo bonito:

me faz lembrar que eu gosto de descascar mexericas.

*

Há meses que já não te vejo.

Eu olho uma foto tua recente

reconheço tua roupa.

Vejo tua camiseta e sinto a textura do algodão envelhecido,

das bolinhas de fios que se acumularam no tecido,

a malha leve já bastante desbotada.

Sinto o cheiro do amaciante que inundava tua casa quando estendia a roupa em dias de chuva.

Sinto o cheiro da tua pele misturada no pano.

Sinto a temperatura da camiseta quando a tirava do armário para que eu a usasse para dormir.

Olho tua foto e sinto minha pele tocada pela camiseta rosa desbotada

— a parte avessa da estampa colando na minha barriga suada durante a noite.

Sinto o cheiro do teu amaciante e da tua pele subindo pelo meu pescoço.

Me lembro das manhãs em que acordava na tua casa, vestindo tuas roupas.

Meu suor molhado no tecido, grudando no edredom,

teu corpo quase colado no meu — tanta água tinha saído.

Você se levantava para passar o café e torrar os pães.

Me lembro de abrir os olhos e passar minutos a fio a assistir a cômoda ao lado da tua cama:

teus cremes, tuas pomadas, um caderno fechado no lápis,

tua manteiga de cacau, teus colares, teus brincos,

o copo desencaixado dos três círculos d'água na superfície do móvel,

um cartão de visitas que você deve ter guardado da noite anterior,

uma cartela de comprimidos pra gripe

e o cheiro de café dança no suor das cobertas.

Meu corpo quente marcado pelos lençóis dobrados não se atreve a desacomodar-se dali.

Teus objetos me assistem

(já me conhecem)

e me lembro da primeira noite em que dormi contigo.

Me lembro de olhar tudo pela primeira vez enquanto o café da manhã se preparava no andar debaixo.

Tua pele é seca ou oleosa?

Você não acha que manteiga de cacau seca mais os lábios?

Tuas gripes te entopem o nariz ou os pulmões?

Tem medo de morrer?

Você se lembra dos teus sonhos?

Quantas mulheres já amou?

Qual tua constelação favorita?

Gosta do Natal?

Você pensa muito na tua avó?

Houve um dia em que me apaixonei por todas as respostas que me deu.

Te ajudava a passar o creme para a alergia das costas,

me emprestava do teu hidratante para os lábios e gostava de te beijar depois.

Roubava alguma das últimas folhas do teu caderno para te deixar bilhetes doces antes de ir trabalhar.

Aprendi a ajeitar o fio do abajur de modo que o mau contato não o deixasse apagar.

Me lembro da mania de querer encaixar o copo sempre em cima da mesma mancha d'água que se formava sobre a cômoda.

Guardava meus brincos ao lado dos teus — eles ficavam bonitos juntos.

Já me era automático encostar meu travesseiro na parede, cuidando para que não tocasse a tomada detrás.

Gostava do cheiro do teu amaciante.

Me lembrava café, que me lembrava suor, que me lembrava você.

A gente acordava coladas na textura uma da outra e você se levantava para nos preparar a comer.

Eu desgrudava do colchão com preguiça

e sentia o gosto bom de estar em casa.

Houve um dia em que encarei a cômoda e já não tinha nada a ouvir dela.
Olhei para o quarto todo e já não havia nada que me fascinasse.
Conhecia todas as cores, cheiros, texturas, manias, trejeitos, obsessões.
Pergunta nenhuma mais havia
ou era eu quem não queria mais perguntar.

A roupa de cama suada tinha cheiro de sabão em pó e tédio.
Minha pele toda marcada das dobras de um país cansado.
Sentido algum que convidasse para aventura nenhuma:
eu estava cansada.

E houve um dia em que todas as perguntas me fascinavam
em que eu queria ouvir todas as respostas
em que todas as respostas me apaixonavam.

Há meses que já não te vejo.
Olho uma foto tua e sinto as rugas do passado.
Meu futuro se desencaixou do teu
como aquele copo se desviava daquela marca d'água na minha primeira noite na tua casa.

*

eu nem me lembro mais das coisas que me lembram você

IV

*

Ele segura a mão dela
subindo a Rue Durantin,
uma sacola de pães na outra.
A caminho de casa, posso imaginar.

Eu, no bar do outro lado da rua, assisto.

Ele segura a mão dela, enrugada como toda a superfície do seu corpo.

Como a dele.

Ele cruza seus dedos nos dela e sente os vincos que agora são a geografia da sua pele.

Ela aperta com um pouco mais de força a mão dele e sente a textura flácida daquele carinho.

Suas mãos enruguecerem juntas.

Me pergunto quantas vezes eles subiram a Rue Durantin de mãos dadas,

uma sacola de pães na outra.

Ele assistiu, de tão perto, o desmanchar da idade dela, que talvez sequer tenha visto o desmanchar da idade dela.

Que talvez sequer tenha visto o desmanchar da idade dele.

Talvez ele suba a rua, segurando os pães, ao lado dela, e o faça como se as décadas não fossem senão calendário apressado.

E como se fosse o andar mais lento uma preguiça boa de um dia como todos os outros.

Talvez eles subam a rua, entrem em casa, arrumem a mesa para o café da tarde e conversem.

Talvez não fossem as gravuras do tempo na pele velha, diferença nenhuma notariam.

Se é que notam a pele velha.

Suas rugas são as mesmas das dela, suas idades cresceram juntas.

Não devem notar.

O que envelhece com a gente segue tendo a mesma idade.

Peço minha segunda taça de vinho

— eles já sumiram ao alto de Montmartre.

Olhar para a minha pele e ver outra pessoa enruguecida

comigo.

*

da janela, não se veem mais possibilidades

veem-se melancias espatifadas no asfalto enquanto recolhem-se as barracas da feira

vê-se um aglomerado de pombos em cima da marquise à direita

um outro à esquerda

um outro mais adiante

vê-se um par de calçados imundos pendurados com precisão ao centro do fio de luz que atravessa a avenida

veem-se baldes, vassouras, varais e quaisquer tipos de utensílios plásticos descansando para fora dos pequenos comércios

vê-se também um caminho sem volta de bugigangas (tão somente úteis quando as lembramos existir) empoleiradas nas prateleiras dos pequenos comércios

vê-se uma mulher sozinha (ela parece irritada), dois senhores conversando em frente à kebaberia, outros dois mais ao lado

o que sobra das pessoas que se vê da janela passa apressado, desviando dos fins da feira

da janela, vejo toda uma realidade que cabe no mundo e que cabe nos olhos

— e tão somente isso

talvez um pouco de envelhecer seja isso

a chuva cai bonita lá fora, mas aqui dentro molha os tacos da sala e dá frio

e a simpática feira da rua atrasa o andar

olhando pela janela

a estrada da rua de casa

as possibilidades cansaram de passar por aqui

*

foi-se o tempo em que a gente
corria na grama
tão sujos de lama
e caía de rir

enfrentava ladrões
com bodoque e botões
depois ia jantar

fazia casinhas
com sala e cozinha
só fingindo crescer

foi-se o tempo em que a gente
seduzia canções
inventava salões
lá no nosso quintal

decifrava o amor
se entregava uma flor
depois ia brincar

foi-se o tempo em que a gente
desenhava um mundo
sonhando bem fundo
que seria assim

sabia de nada
só da tabuada
e não importava

sabia de tudo
muito além do estudo
e não importava

foi-se o tempo em que a gente
sabia do ódio
por um episódio
de cartoon na tv

ligava pra nada
somente pra estrada
da rua de casa

durava pra sempre
e andava bem rente
de um tudo feliz

foi-se o tempo em que a gente
chorava somente
quando estava doente
e tinha colo de mãe

não queria nada
só uma jangada
pra brincar de gibi

foi-se o tempo em que a gente
fingia ser gente
que o nosso presente
nunca ia crescer

não ia crescer
e não ia morrer
de excesso de tédio

e veio o tempo em que a gente
já não era pra sempre

e sabia que a gente
já não era ninguém

veio o tempo em que a gente
vivia a maldade
da nossa idade
que engoliu o quintal

veio o tempo em que a gente
sabe que tudo acaba
mesmo assim faz nada
pra deixar de dizer que

foi-se o tempo em que a gente...

*

na varanda ao anoitecer

a mesma chuva que atrapalha as roupas no varal do vizinho

me faz carinho na face

na varanda ao anoitecer

todos os barulhos da rua me apontam tantas vidas da rua

as vassouras que caem empurradas pelo vento, uma rádio que toca, três pessoas que conversam, uma moto que freia barulhenta, o cheiro da pizza que chega, uma moça que chama seu cachorro

da minha varanda aqui desse anoitecer

todas as vidas parecem tão simples

pessoas que erguem as vassouras que caíram com o vento, que ouvem rádio, que conversam, que comem pizza, que falam com seus cachorros

pessoas

eu passei o dia inteiro em casa não cuidando de nada que se cuide na vida não sei se entendi como se vive — conclui eu ao anoitecer na varanda

e que egoísta eu com a vida de não deixar

que ela passe por mim mais branda

*

eu

colecionei quadros que nunca preguei

nas paredes que eu também nunca pintei

conquistei amigos que nunca ouvi

chorei por amores que nunca vivi

escrevi poemas que nunca mostrei

comecei dois livros que nunca acabei

li sobre países pra onde nunca parti

guardei dicionários que nunca abri

ensaiei telefonar mas eu nunca liguei

pras garotas que eu tentei mas também nunca amei

compliquei problemas que nunca venci

quis gostar de filmes que nunca entendi

odiei fotografias que nunca rasguei

disse não me lembrar quando nunca esqueci

das dores que chorei mas que nunca assumi

vivi tanta coisa que nunca contei

contei tanta coisa que nunca vivi

ando ansiosa pra ser o que penso ser

quando tento ser

eu

*

saindo do cinema
eu me vejo:
um ramo de lavandas numa mão
um cigarro na outra

passo na frente de um espelho:
cabelos bagunçados
uma estampa florida

chego em casa e deito:
na porta do quarto, pintado com fúria
“preciso me reduzir a mim”
por cima, um coração

olho pra mesa de cabeceira:
um vaso de flores
embaixo, três livros sobre guerras

olho pra dentro de mim:
me assusto

preparo um chá de erva-cidreira
abro um livro sobre a ocupação israelense na Palestina:
continuo assustada

me enfio dentro de mim novamente:
olho pro teto
fecho o livro
apago a luz
e só tento dormir

*

pouca coisa é tão sádica
como é a incerteza
porque nenhuma dúvida
é menor que a tristeza

que outro estado de pânico
te faz virar a mesa
como faz — e com êxito
a escassez de certeza?

que agonia uma lâmpada
que se tem sempre acesa!

é preciso uma lágrima
pra queimar com destreza
as fagulhas de incômodo
que sufocam a beleza
— tal beleza com o mérito

de existir na aspereza
nem de longe tão ríspida
como a ausente franqueza

pouca coisa é tão sádica
como é a incerteza
porque nenhuma dúvida
é menor que a tristeza

*

tenho deixado minha solidão tão
sozinha
quando eu voltar a procurá-la
ou trombar com ela por um capricho do acaso
temo que já não me será tão gentil
hei, possivelmente, de encontrá-la rancorosa e hostil
talvez assustadoramente engrandecida
solidões ficam gigantes se não cuidadas
e não se deve nunca descuidar da solidão
é bom mantê-la visível, arejada, frequentemente visitada
ninguém quer voltar a vê-la
depois de ter sido ignorada, coberta de tédio e pó, acuada
finja que ela não existe
e você tão logo acontecer
vai se ver jogada junto a ela
acuada e sufocada
completamente amedrontada pela tua presença

*

tem dias em que você morre antes da esperança
por compaixão a ela

*

ou eu poderia dizer que
a esperança não é a última que morre
depois dela vem a gente

V

*

desdigo aqui tudo o que disse
aproveito e desdigo também tudo que ainda vou dizer
fica aqui uma lacuna de sinceridade

aproveitem

*

eu fui tudo aquilo que viram em mim, que ouviram de mim, que souberam de mim
fui também tudo que inventaram e toda ilusão que me jogaram
fui tudo aquilo que amaram e desgostaram em mim
fui tudo que fez sorrir, gargalhar, encantar, emocionar
fui tudo que acolhi, todo peito que abri e todo corpo que beijei
fui tudo que amei e tudo que fiz amar
fui todo o bonito que dei e toda loucura que me passou
fui tudo aquilo que afastou e tudo aquilo que juntou
fui aquilo que, cuidadosamente, investigaram
tudo que enxergaram e tudo que escolheram não olhar
fui tudo o que expus e tudo que guardei secreto
tudo aquilo que falei, que gritei, que escarrei, que desmontei, que chorei, que temi, que sofri
fui toda luta que lutei e todo ideal que agarrei
também todas as lutas que quis mas não fui
e todos os ideais que escolhi e não banquei
fui tudo que prometi, tudo que cumpri, tudo que fiz e tudo que esqueci
fui tudo que era prazer e tudo que irritava

e também tudo aquilo que nunca fez diferença nenhuma para mim

fui o que me encantava

fui o que me angustiava

fui o que me dava medo

fui minha coragem, minha rotina, meus intensos

e fui também meu tédio

fui o que não vi, o que queria ver, o que jamais vi e o que jamais verei

fui tudo que já fui, tudo que quis ser e tudo que queria ter sido

fui tudo o que vivi, que vi, que pensei, que sonhei, que inventei, que criei, que desvendei

fui tudo o que viveram, que viram, que sonharam, que inventaram, que desvendaram em mim

fui todos vocês e ao mesmo tempo fui quase que nem eu mesma

fui, e acima de tudo, somente o que fui e nada além disso

fui do tamanho exato do que alcancei e também para muito além disso

fui tudo o que é possível

e ao mesmo tempo coisa pouca

o fato é que me tenho

e só eu tenho isso

— isso é tudo que tenho

essencialmente por isso sou o grande amor da minha vida

fui eu — e mais ninguém — a me viver desde o nascimento
até a morte
e sim, é essencialmente por isso que fui o grande amor da minha vida

embora minha vida não tenha sido só minha
nem esse amor tenha sido só meu
nem tenha sido só grande

*

um piano abandonado na avenida
me apresso a tocar
a solidão dele parece ter ficado mais bonita
a minha parece ter doído mais

VI

*

que a gente que faz arte

cure

mas que também façam curar

a gente que faz arte

*

falta de inspiração
excesso de mágoa
não tem nem mosquito da dengue nessa água parada

*

eu gosto do som do lápis sobre o papel
passaria horas escrevendo
qualquer coisa só pra ouvir
o som do lápis sobre o papel

o cachorro do vizinho late insistentemente
desde o início da noite
não enlouquecer é uma escolha

este é meu último cigarro e espero
conseguir dormir
depois
o lápis fez pouco som sobre o papel
não enlouquecer não mais é uma escolha

*

Eu chego a sangrar pelas mãos com as sádicas alfinetadas de um papel em branco.

Essa noite foi passada em branco.

Ela e o papel — tão sempre amantes passionais.

A noite é capaz de passar suas horas arranhando a pele do caderno, arrancando calafrios do grafite, suspirando metáforas na nuca da Lua.

Assombrando-me, apontando-me minhas agonias e amordaçando-as em seguida ao consumir, da ponta do lápis, qualquer coisa que se escreva.

Essa, eu passei em branco.

Na casa da minha poesia não teve sexo entre a noite e o verbo, nem teve rabisco no umbigo da madrugada.

Passamos eu, a noite e o caderno a encarar-nos frígidos.

Abri um vinho e convidei-nos a um ménage à trois, mas foi de especulações que nos fizemos passar as horas.

Amanheceu e sou apenas bagunçar qualquer coisa aqui.

Sem a sedução da noite, minha transa com os cadernos é casamento envelhecido.

Falta o perfume silencioso e triste da madrugada para que as palavras queiram morder os lábios do que sinto.

Vale-me agora dormir.

No anoitecer, tentarei me caprichar de amante do escuro novamente.

Quem sabe um poema meio brega virá, por fim, dormir comigo de conchinha.

*

nada
uma ideia vem
passa
e logo segue distraída
deixando uma cadeira vazia
uma cadeira que a gente puxou pra ela
na paixão de algo acontecer
por aqui
milhões de cadeiras vazias
num salão inteiro de coisas grandes
que poderiam ter acontecido

tem vezes em que sinto caírem
sobre meus ombros
cinzas dos cigarros que fumam as ideias de outras pessoas
debruçadas nas varandas de outros poetas
banquetes feitos de genialidade
e aqui eu

seguro um copo de plástico com gengibirra
no cenário do fim de um baile
que nem chegou a acontecer

olho pro globo de espelhos
pras estrelas que finjo ver rodando nas paredes
e talvez uma ideiazinha
abra as portas com força e me tire pra dançar
eu e ela
agarradinhas

*

tenho me alimentado de palavra velha

de poesia gasta

tenho temido as palavras

talvez precise

antes de rabiscar novidade

escrever que tenho temido as palavras

velhas

*

quando as palavras quase morrem de fome
há que desencaixar o olhar
da poltrona da íris
estalar o torcicolo
alongar o ócio
da vista

hoje ponho a poesia a caminhar
e até as cinzas de cigarro
parecem pequenas borboletas
brincando com o vento do sexto andar

*

uma ideia de poesia
caderno aberto
e a caneta não funciona

VII

*

Estou agora eu sentada à imensidão do mar.

Mas não é água que vejo,

vejo vento.

Assim como o silêncio dá à música sua forma e ao vaso o vazio

o vento dá forma ao mar

e é para ele que olho agora.

Poucos não gostam de se sentar à imensidão do mar.

Como nos são admiráveis as curvas das ondas e as estripulias que a água faz feito fosse viva.

Faz-nos impressionar a força da água.

Mas que força tem a água senão a de não ter força nenhuma?

O que carrega de forte é não resistir aos apelos do vento,

é permitir-se, com a inocência de quem se apaixona, ser o que for preciso ser.

Dei-me conta um tanto tarde de que não tentar resistir a coisa alguma, de que se pôr disponível aos tentos de tudo é das mais bonitas versões da coragem.

É passar por cima dos rochedos, aceitando-os como parte do caminho ao lugar de tentar lutá-los ou deixar de seguir ao vê-los em frente.

Ser vento é dizer aonde a água vai.

Ser água é ir.

Eu que já tanto resisti à ideia dos acasos,

que tantos tsunamis criei em dias de tempestade em mim,

vejo-me, enfim, dançando a beleza de ser água.

Já não me encanta saber para onde estou indo

ou tampouco pensar nisso.

Já não me anseio a pedir que me sigam, querer que me sigam, esperar que me sigam.

Nada espero senão não esperar por nada.

Passa, vendaval.

Passa, brisa.

Serei quem for preciso ser.

Serei quem for e nenhum palmo adiante disso.

Reduzida a mim, seguirei encantada com a textura de tudo o que se pode sentir.

Minha imensidão é não pensar.

*

a coragem há de me dar um beijo na boca do medo
ali
depois de cair na água
e antes de me afogar

■ primeira edição
■ agosto de 2023